虹彩《にじいろ》のトランペット

五行歌セレクション 12

船津ゆり

彩雲出版

虹彩のトランペット

序

はじめまして。船津ゆりと申します。

この五行歌集をお手に取ってくださり、ありがとうございます。

山の中にひっそりと咲く、一輪の小さなひめゆり。

それが私が持つ自分自身のイメージです。

ささやかなひめゆりである私がこのような本を出版することができましたのは、毎月の『彩』誌上で一緒に五行歌を楽しんでくださっている歌友の皆さんのお陰です。この歌集の筆者は「歌友さん　ｗｉｔｈ　ひめゆり」が本当は正しいのです。

今まで『彩』に掲載したお互いの作品に返歌を寄せ合い、心の交流をしてきましたので、その喜びをこの本に込めました。

一生の宝物ができました。この感謝の気持ちを忘れないように、いつか五行歌で詠みたいです。

五行歌に出会い、苦しい日々を救われて、風祭さんのやわらかな心に包まれて、長く続けられています。

私は力の限り、五行歌のペンをとり続け、皆様の幸せを『G線上のアリア』を思い浮かべながら祈ります。

船津ゆり

令和二年七月吉日

目次

装丁・小室造本意匠室
写真・Shutterstock

空の気持ち

空の気持ちを
歌にする
何処かで
春の
芽が

ぱるりん
ぱるるん
ぱるりんちょ
心の重荷が軽く成る
魔法の言葉

全力で
人間には成れない
宇宙人
エルピーパー語を
喋ります

ちきゅうって
ふしぎな
わくせいだね
ななわり　うみだよ
うみっ！

人間の
勝手で
地球を
丸ごと
捨てますか？

このよに
いたくないよ
そんな
このよに
うまれたのよ

めがさめると
ここはどこ
くらいけれど
だいじょうぶ
つつまれている

じつは
なんでも
ないひ
いちばん
いいひ

私は
これまで
何度
騙されたのだろうか
白い悪魔

魂を
揺さぶるのは
正しさに
惑う
光だった

きのえだの
しなりのように
いきるちから
いがいと
つよいんだ

ぴんく
ぴんく
ぴんく
ぴんく
ぶるー

青は
とても難しい
色だよ
感情移入の激しい
色だから

私は
幸せと言う
上り坂を
ハッピーに
登ってる

美味しい
楽し、の
ドーナッツ
皆《みん》なのこころ
まぁるくなぁれ

甘く
切ないのは
りんご
より
いちご

花屋で
一番綺麗だった
白百合を
選んでくれる
優しさが欲しいの

苦しみも
悲しみも
全てが
花なら
想いは光の方へ

やさしいスープ

母から
呑み干した
愛情
力一杯
命を吸った

ワタシの
生まれた日
ヘビースモーカーの
　父が
煙草を止《や》めた日

いいな
いいな
とうさん
かあさん
仲良くて

優しく抱かれる
乳のみ子は
母の
トクン、トクン……
で生きている

小さい手
小さい体
小さい声
お母さんは
家族の昔話が好き

一歳です
夜泣きしません
柔肌の女性です
おしめが
まだ取れません

お父さんと
お母さんの
遺伝子を
持った私は
可愛い娘ですか？

両親が
温床で生育
してくれた
花の
ようだ

母に言わせると
太陽寒天は
祖父の
蜜柑畑の味
そのものらしい

母方の祖母は
どかって
している
けれど
本当は優しい

じぃちゃんと
ばぁちゃんが
結婚した理由が
歳を重ねるたびに
分かった気がする

日なたで
洗濯をする
お母さんは眩しい
家を守っているから
眩しいんだ

私に
出来ない事は
無い、と
母の
スイッチ

お母さん
百歳まで生きてね
そんな馬鹿な事
言わないでよ
一生、娘の世話かいっ

この世の悪い事の
全ての何もかもを
掃除機で
吸っては
捨ててあげたい母心

喋らずに
目で優しさを
語り掛ける
やっぱり
お母さんだ

母には
ただの親不孝娘
なのに
笑って言うの
「自分の幸せを」って

生きる力
母から
いっぱい
もらった
生きてやる

年に二、三度
お母さんは
電池が０になる
充電中は
ジタバタする家族

給食献立表の
やさいスープを
やさしいスープと
呼ぶ母に
満たされる

母の
手作りの
炒飯は今も
心の中を
揺さぶって

お母さん
お母さん
お母さん
お母さん
ゆりだよ

「お母さんはね
ゆりが自殺したら
後を追うね
生きている意味が
無いんだもの」

母を想って
泣きながら眠る
悪いのは私
願いを
叶えたいのも私

音の溢れる
この世の中
サイレント
母の愛だけが
聴こえる

ナンクルナイサー

ことしも
ほほえむように
さいたねぇ～
まだいるんだから
はざくらアピール

ふわふわ
わくわく
ふわーん
この感覚
何？

僕の体に
白い
ポジティブが
染み込んで来るような
かき氷

青空はわたし
きれいな
風は
白いパラソル
なびかす

葉からの
朝露　キラリ
夏の本音が
高まって
来るのです

緑の中に
紫の
ワンポイント
私を
見つけて、と

口説いたパレオ
心まで
脱いじゃって
夏色
マネキン

レースの裾
糸が通る
妖精が回るよ
　一廻り
ドレスができ上がる

お寺で
お茶を呑んで
喉を潤した後に
蟬の鳴き声が
透き通って行く

本格派の
うどんに
だしを
入れて
いなかった

砂糖の
入っていない
ミルクティーが
何故か
好きな私です

ベリーベリー
パンケーキ
美味しさよりも
楽しさを
最優先

夏

蒼空の風鈴
暑さを物陰に隠す
何処かで「凛々……」
恥ずかしがり屋さん

まっ直ぐに
伸びていく
向日葵
宵祭りを思い出した
ように

美味しい
珈琲には
幸せの
価値が
見える筈ダ

福袋のような人
明るく
笑顔を
振る舞う
お得感

大雨の中
泣き尽くした
唯一
温かった
ホットミルク

ナンクルナイサー
一歩も
解決は
しそうにはないが
心意気だけでも

砂の林檎

百円
コロッケバーガーが
食べたい
深い
思い出の味だからね

食するって
実は
心を
満タンに
するって事

刺激的な
ワイルドな味
まろやかな
マイルドな味
イケてます

良いことを
したら
胸の中に
ホクホクの
コロッケ

なめらかな
月
プリンが
食べたい
そんな夜

コーヒーに
小さく
広がる海
大きな
波紋

ドライなフルーツを
入れた
パウンドケーキ
恋が
目覚める味

煌《きら》めいた
無数の泡
駆け上がる
はじけて
消えるグラス

すなの国の
アリス
たどりついて
たべた
砂の林檎

頭の中には
カレーライスと
ラーメンの
ことばかりが
いっぱいで困る

おまじまいは
だれかの
なにかの
ためにうまれた
ひとりごと

一呼吸で広がる
告葉《ことば》の世界
バーナーに
点火
バルーンのように

立派な
大人に成るのでは
無く
立派な
人間に成りたい

私たちは
人間
永遠を
手放した
生き者

私たち
人間は
永い刻《とき》を
生きられないから
生き繋ぐ

罪に
優しさが
降ったら
涙が
出そうになる

透明は
何色にも
染まらない
孤独で
偉大

何にも
ない所では
想像力と
創造力が
鍛えられる

痛イの
痛イの——
飛ばないよ
痛イのは、自分
独りで充分

人は
いつから
心まで
捨てる
生き物になったのか

本当の
私は
錆びたいかり
過去は
捨てるべきか

何度も
何度も
ページを読み返す
本のように
語《かた》らう胸を

子ども
芸術は、無限
常識の型が
ないから
素晴らしい

人間は
太陽に向かって
育ち
月の前で
正直に詫びる

夢も鳥も
花達も
みんなここで
飛んで
散ってく

悲しみ前線に
立たされても
全てを
超えて
私は生きたいの

虹彩のトランペット

春を
闊歩する
ローヒール
さぁ
目覚めなさい

四十代の
一目惚れ
有るんですね
心が
若返って行く

恋は
メリーゴーランド
回っている
内は
メルヘンの時間で

風車さん
私はね
自分の中に
恋を感じながら
走っているんだ

一つだけの
胸が
何度も
割れて
消えそうだ

喧嘩
したって
背中の
温もりが
伝わる二人

あなたの
残り香は
私の
寂しさを
埋めるの

汚れの無イ
愛
ラブソング
歌う
嘘はないヨ

思い返しても
一方通行の
恋が二つ
美しく
通過して行った

届かない愛は
無駄ですか
右手小指のような
桜貝を
探して

狂い咲きの
蝶
愛し求めた
春の風
去り往く

私の骨を
しゃぶれば
良い
私の全てを
あなたに

二人って
楽しいね
喧嘩が出来て
仲直りだって
出来て

こんなに
心の綺麗な
笑い方をする
男の人は
初めて見た

私は枯れた
一本の木
彼は癒しの森
綺麗な
陽だまりの謳《うた》

真っ直ぐに
伸びる
老木のように
静かに強く
愛したい

美しく
重ねる
羽根
深夜には
愛を休ませる

あなたが
水際まで来てくれたら
私は海へ還ります
人魚姫の
足の痛みは限界なんです

執着とは
ある意味
「愛」じゃ
ないか、と
思ったりする

後ろ姿から
惹かれていった
あなたを
今も
偲んでいる

青春時代は
夢時代　皆な
背中に翼《よく》を持っていて
地上の色んな宝物を抱いて
大空に飛び立つの

もう一度
翔《はばた》きたい
飛びたいンダ
真っ直ぐ
まっすぐ…！

生きること
愛すること
夢みること
それだけが
難しい

「頑張る」
何とまぁー
漠然とした言葉なの？
何を
頑張れば良いの？

旅は道連れ
世は情けなくなった
深い愛情の
温もりに囲まれてる
勇気の出るツボ

あなたは
知っていますか？
勇気の出る
心《ツボ》を
私も知りたいのです

泣きながら
集めた
甲子園
思い出の
負け土

伸びない
球
気持ちも
伸び悩んで
いたんだなぁ

この空の遠くには
甲子園で争った
記憶が　刻み込まれている
スイングの向こう
夏の太陽と戦った跡

応援して
いるよ
虹彩《にじいろ》の
トランペットの
音楽《うた》で

コンプレックス
私には数多く有った
一番は
背中の
火傷だった

こんなにも
愛しい
物だったなんて……
自分の
心の傷

育っていく
向日葵は
自由な
可能性を
秘めて

固く閉じた
心が
何色でも良い
花のように
咲いて欲しい

私の幸せと
皆の幸せが
ギュ、と
詰まった
コンビニ青春

信じる事が
力になる
緩《ほど》けるように
糸になり
貴方の服になる

伝統や
文化を
背負う若者
小さな身体で
大きな力を

時代の追い風は
今
胸を張った
若者に
吹いていますか?

背中の歴史

――歌友より著者へ①

船津ゆり（本歌）

愛ちゃんと
勇気くんだけが
友だち
淋しい奴
アンパンマン

蓮花　輝（返歌）

独りのようで
独りでない
アンパンマン
友だち
いっぱい

船津ゆり（本歌）

傷を
輝きと
呼んで
くれる人を
友だちと思う

かぜのあや（返歌）

「傷を
輝きと呼ぶ…」
なんて
いい言葉
いい友達ですね

船津ゆり（本歌）

涙ばかりが
出たよ
悔しさ
ばかりで
辛いんだよ

石井美和（返歌）

涙が
心の棘を
和らげる
涙には
愛情があるのだね

船津ゆり（本歌）

まっすぐに
いきる
いがいに
むずかしい
こと

信濃鶴姫（返歌）

まっすぐに生きる
とてもむずかしいこと
だけどわたしは
どこまでも
まっすぐにいきたい

傷ついた
現実
夢がいつも
なぐさめて
くれるよ

船津ゆり（本歌）

現実がどれほど
辛くても
夢をみる
力があるうちは
大丈夫

内堀みき（返歌）

吹き曝しの
無言
喋ったところで
何も
変わらないから

船津ゆり（本歌）

無言の中にも
言葉があるね
大切なことは
胸の奥深く
密か潜めし

長谷川春澪（返歌）

船津ゆり（本歌）

サラッと
流そう
ストレスを
夏の
清流のように

永田三枝子（返歌）

サラッと
流したい
　ストレス
溜まる前に
それがむずかしい

船津ゆり（本歌）

私にしか
叶えられない
希望
生きていれば
あるのかな

山田喜秋（返歌）

うたの岸辺に佇めば
どこかで誰かの
声がする
「心に太陽をもて
唇に歌をもて」と

どんな
出来事も
夕暮れに
沈んでいく
明日の為に

船津ゆり（本歌）

どんなことが
あっても
明日は違う日
新しい
夢をのせて

青木マリ（返歌）

もっと迷おう
もっと悩もう
だって
この世界には
正解なんて無い

船津ゆり（本歌）

迷う
今の悩みは
未来図を
豊かにさせる
宝

石井美和（返歌）

船津ゆり（本歌）

子どもが
挫折を
知らない事は
とんでも
ない事

流城樹華（返歌）

子供の頃から
挫折しまくり
でも　だからこそ
今でもこうして
笑っていられるのです

船津ゆり（本歌）

限界は感じるものと
知った悔しさを
わきまえた上での
身の程知らずで
いたいのです

信濃鶴姫（返歌）

私の気持ちを
何てうまく
表現しているのだろう
身の程知らずで
いたいのです

船津ゆり（本歌）

流行りは時に
自分らしさを
見失うから
自分らしく
応《こた》える人生《いきかた》を送る

草さつき（返歌）

流行を
追う余裕はなく
職場と家との
行ったり
来たり

船津ゆり（本歌）

髪を
切ったくらいで
心は
変わるのか
変われ　私の心

松村優芽（返歌）

なかなか髪を
切れないでいます
変わるのが
怖いのかもしれない
私の心

成長
していく
私に
私の中で
断捨離

船津ゆり（本歌）

断捨離は
厄介で
ときに
捨てたものが
恋しくなる

宮井そら（返歌）

信じている
娘の幸せを
思わない
母がいますか
いるんですか

船津ゆり（本歌）

信じているよね
どんなときも
娘の幸せを
思わない
母がいますか…と

かぜのあや（返歌）

花散る
秋に
私は
花咲く
咲きたい

船津ゆり（本歌）

花野に咲く
色
とりどりの
秋草《はな》に
佇めば…

叶　千里（返歌）

少し、もう少しと
願い続ける
夢は今を
失くしたら
叶わない

船津ゆり（本歌）

願い続けることが
今を
作り
夢を
育てる

杜　青銀（返歌）

船津ゆり（本歌）

受け継ぐ、とは
言葉だけでは無い
背中の
歴史が
有るのです

長谷川峰子（返歌）

幼い頃から
父の背を見て育つと
聞いていました
父の背が教えてくれる
人の生き方

船津ゆり（本歌）

花って
散っても
美しい
思い出を
作ってくれる

堀川裕子（返歌）

美しい
思い出を
残したい
花のように
散りゆきて

船津ゆり（本歌）

命の赤《うず》と
胸の黒《よく》
濁っていく度に
惹かれていく
泥を練るように

石井美和（返歌）

惹かれ
合う
心と
魂の
融合

船津ゆり（本歌）

好きな道に
でこぼこ道は
有り得ない
好きだから
悩まないもん

風花紫苑（返歌）

自分の
信じる道
真っ直ぐに
行き着く先には
幸せが待っている

雨降って
何もかも
流されたら
どうしようと
思う

船津ゆり（本歌）

今年二度も
あふれた
家の横の沢《かわ》
今までなかったこと
さすがにこわいと思った

草さつき（返歌）

生きることを
悩むのは
人間だから
人間として
生きるの

船津ゆり（本歌）

悩みと
向き合いつつ
人間として
人間らしく
生きたいもの

永田三枝子（返歌）

船津ゆり（本歌）

気持ちを
作る事の出来る
人は幸せだよ
打《ぶ》つけて
みるのも芸術

蓮花　輝（返歌）

「芸術家」
表現できる人は
豊かで幸せ
打つけてみるのが
本当の芸術

船津ゆり（本歌）

途切れのない
悲しみを
上から見てごらん
全てが
ちっぽけに見える

松村優芽（返歌）

上から見たら
大抵の悲しみは
ちっぽけ
おかげで
楽になりました

花を見て
綺麗だとは
思えない
心が
枯れている

船津ゆり（本歌）

それでも心は
花を求め
綺麗だと
思うかわりに
涙を流す

流城樹華（返歌）

どうして
どうして……
季節は
心までが凍る冬から
春へ

船津ゆり（本歌）

春になって
初夏に近くて
心がとけたら
ほっこり
笑顔になろう

吉田野霧（返歌）

心を素揚げ

——歌友より著者へ②

心を
素揚げ
ぴっちぴちの
新しいサラダ油が
跳ね上がる

船津ゆり（本歌）

心を
素揚げ
カリカリに
イヤなこと忘れ
一歩踏み出せるかも

永田三枝子（返歌）

何気ない
笑い
私は
この幸せで
生きている

船津ゆり（本歌）

何気ないことが
大切な　大切な
あかり
心満たされ
生かされている

宮井そら（返歌）

船津ゆり（本歌）

ゆっくり
ゆっくり
バスに
揺られるように
考えていこうよ

松村優芽（返歌）

ゆっくりゆっくり
考えてみると
自分の至らなさや
冷静さを欠いていたことに
気がついたりします

船津ゆり（本歌）

今　世界では
武器で戦争をし
人を殺している　でも
私の武器は　笑顔っ！
人の心に平和を運んでイマス

石井美和（返歌）

戦争の
反対は
平和です！
「和」と「美」は
人の心に必ず有ったもの

船津ゆり（本歌）

神様が
限界を作る
どう
乗り越えてやろう
と楽しみにも

かぜのあや（返歌）

限界だった　と、
言い訳してたけど
そう！
神様の方を向けば
いいのですね

船津ゆり（本歌）

蒼空《そら》を見て
考えて居た…！
邪推の欠片《かけら》も無い
何《ど》んな心も
吸い込む広さ

信濃鶴姫（返歌）

邪推の欠片も無い
言い得て妙
まさにそうだ
だから私は
いつも空を見る

船津ゆり（本歌）

母から
してみると
私は
ピカソらしい
独創的過ぎるんだと

山田喜秋（返歌）

名前を伏せても
船津さんだと分かる
そんな
個性的で素敵な五行歌《うた》を
待ってます

船津ゆり（本歌）

お薬はしっかり
飲みましょう
病気が
治らないのに
何で？

草さつき（返歌）

体調悪く病院へ
いく種類も出される薬
説明欄に副作用いろいろ
本当にこんなに飲んで
大丈夫なのだろうかと

届かない
君は
昇る
太陽に
似ている

船津ゆり（本歌）

太陽のように
力強く昇る君に
届かなくても
ぬくもりは
確かにそこにあった

松村優芽（返歌）

夢を
持ち寄って
離れたくない
離したくない
恋《サイ》は投げられた

船津ゆり（本歌）

夢を
希望を
意志を
ハートを
重んじたい

石井美和（返歌）

船津ゆり（本歌）

初恋が教えてくれた
喜びと痛み
もっとあの時の
私に勇気をくれる
何かが欲しかったのです

内堀みき（返歌）

私もだよ
初恋の彼への
勇気が足りなかった
それも
青春の一ページ

船津ゆり（本歌）

髪を
切ったくらいで
心は
変わるのか
変われ　私の心

蓮花　輝（返歌）

「変化する者だけが
わたしと親近である」
（ニーチェ）
昨日より「今日」
今日より「明日」

船津ゆり（本歌）

ネガティブから
見る
ポジティブ
何でそんなにも
輝けるの？

山田喜秋（返歌）

何とも陽気な
中南米の人々
多分
ご先祖は
コロンブスに気触《かぶ》れたのだろう

船津ゆり（本歌）

中秋の名月
月見団子と好《す》き好《す》きに
恋愛成就の
ほんのりほの字の月
恋の月

長谷川峰子（返歌）

子供の頃　満月には
兎がお月様の中で
お餅を搗いていると聞いた
世が変わり今は
探査機月面着陸という

船津ゆり（本歌）

心が
置いてかれる
気持ちを
粗末に
するからだ

宮井そら（返歌）

あのとき適当に
あしらってしまった
感情《きもち》たち
ごめんなさい　と
反省する

船津ゆり（本歌）

自分の
弱さだとか
脆さだとか
人に触れたら
壊れるんだろうね

長谷川春澪（返歌）

紅茶に落とした角砂糖
ジュワ……
今日の心の
音色が沈む
私あってのそのままに

船津ゆり（本歌）

お母さんの
手は
ガサガサして
いるのに
愛情を感じる

堀川裕子（返歌）

ほっそりとした
母の手の
ガサガサは
心地よく
思い出の中に

船津ゆり（本歌）

父も母も
すっかり老いて
親孝行もできずに
発達障害の
私も三十二歳

長谷川春澪（返歌）

発達障害の知人は
私も周りにも何人か
皆それぞれに素適に
自分を生きてます
約束の空は貴女のステキね

船津ゆり（本歌）

イチゴと
バナナと
抹茶は
チョコレート菓子の
家族

内堀みき（返歌）

チョコレートが好きな
私にとって
涎《よだれ》が出そうなほど
おいしそうな
お歌です

船津ゆり（本歌）

この世に流れて
いるのは
川
人
涙

澤田たかし（返歌）

後期高齢者は
慎重に登らなくては
麓
峠
頂

船津ゆり（本歌）

今を
歩いている
お婆ちゃんにも
子どもを育てた
過去が有る

長谷川峰子（返歌）

夕映えの中
子育てにいそしんだ
日々の肩の荷をおろし
目を細めて曾孫の成長を
嬉しく見守る日々

船津ゆり（本歌）

不完全な
詩を
この世に
残す
不甲斐なさ

信濃鶴姫（返歌）

完全て
わからないから
今良いと思うものを
書いて行こうと
思っています

船津ゆり（本歌）

自分の為に
大切な人の為に
周りを
囲んでくれる人の為に
心を強くして泣きたい

草さつき（返歌）

心が折れそうで
泣く
しかし
「心を強くして泣きたい」と
私にもそんな強さがあったなら

船津ゆり（本歌）

生きる事は
あなたにとっては
遊びでも
私にとっては
宝物なんだから

流城樹華（返歌）

ただ生きているだけの
私にとって
胸につきささるお言葉
生きる事を　もっと
もっと　楽しまないと

船津ゆり（本歌）

吾輩は
猫である
英訳すれば
アイ　アム　ア
キャット　何か淋しい……　私だけ？

流城樹華（返歌）

あぁそうだ
アイ　アム　ア　キャット　じゃ
淋しいし　物足りない
夏目漱石も　きっと
戸惑っちゃうよね

ひとにぎりの優しさ

——著者より歌友へ①

今田雅司（本歌）

僕には何もない
誰かの笑顔と悲しみと
ひとにぎりの優しさが
残り香のように漂うだけ
それだけを纏って生きている

船津ゆり（返歌）

ひとにぎりの
優しさを
持ち寄ったら
生きて
いられる

泉　マリ（本歌）

麦わら帽子をかぶって
庭の虫たちを追いかけていた
小さなうちの少年は
いつの間にか私の背を抜き
声変わりした声で私を呼ぶ

船津ゆり（返歌）

時間に追われる
お母さん
長いようで短い
少年たちは
夢の中へと走る

草さつき（本歌）

鈴生りのようになって
お母さんの
おっぱいを飲む
子豚たち
寝顔も可愛いこと

船津ゆり（返歌）

のどがかわいて
のむみずに
ふと
かみさまの
あいをかんじる

喜多明里（本歌）

晴れた空
風そよぎ
小春日和の
ドライブは
母の姿が小さく見えて

船津ゆり（返歌）

土手に咲く
里に咲く
野にも
母は
咲くから

落合文枝（本歌）

母の鏡台にあった
「明色アストリンゼン」
そう　椿の柄の
今もあるのかしら
使ってみたい

船津ゆり（返歌）

鏡台から
覗いてみたら
見えるでしょう
母という懐かしい
心があります

風花紫苑（本歌）

何でもないかのように
苦しくても
悲しくても
さりげなく
笑顔でいたい

船津ゆり（返歌）

何でもない、の
一言には
一言では
言えない何かが
含まれている

茅島朋花（本歌）

あなたが　あなたで
良いように
私が　私で
良いのだ　と
言ってよ

船津ゆり（返歌）

人が人で在る意味を
知っているからこそ
他人を肯定できるんだ
何が有っても生きるあなたを
私は認めてあげたい

里山哲子（本歌）

さぁー始まるよ
爺じも婆ばも
手はおひざだよ
チビ先生の読み聞かせ
嬉しいような・我まんの時

船津ゆり（返歌）

我まんから
ほほ笑みへ
孫の精一杯の
世界観を
感じてみよう

宮井そら（本歌）

わたしの言葉が
波紋となって
よい方向へ
ゆくことを願うのに
実は、怖くて怯えている

船津ゆり（返歌）

思いやりも
正直も
よいこと
怖がらず
怯えないで

無時空　映（本歌）

流し雛の鬢の毛の
匂いを摘んで
じゃれている白い風
川面をくすぐる
光をかさねて

船津ゆり（返歌）

やっと
華やかな風を
摘んだ
もっと甘えて
良いんだよ

ブーケに
添えられた
二人の手が
いつまでも
温かくありますように

岸かの子（本歌）

喧嘩をする度
ブーケの
二人の手を
思い出して
出直そう

船津ゆり（返歌）

雪は
空からの手紙なら
花びらは
大地の底からの
手紙ですか

森野さや香（本歌）

雪も
花びらも
喋ることができないから
ひととき共に生きることを
認め合うのでしょう

船津ゆり（返歌）

青木マリ（本歌）

すぐに散る花
永く咲く花
それぞれに
美しく
運命《さだめ》のままに

船津ゆり（返歌）

朽ちる
花の中で
クリスマスローズが
ひたむきな
永さを生きる

笠嶋のり子（本歌）

なぜだか
静かな
川の声が
聞こえた
気がした

船津ゆり（返歌）

命の音は
静かな
川の
流れのような
ものなのでしょうか

かぜのあや（本歌）

そこから
湧き上がる
優しいやさしい
水の音を
聞いている

船津ゆり（返歌）

せせらぎに
おおきな
しゃぼんだま
やさしい
みずのうた

さくらいかずこ（本歌）

洗われた青い空
ジッと耳を澄ませば
ささやきが
春はすべてのいのちが
呼吸する

船津ゆり（返歌）

吸い込まれる
青い空
耳をすませば
春のささやきが
聴こえる

坂木つかさ（本歌）

今はまだ
未完のパズルでいい
風に流されないよう
ひとつひとつ
ピースを埋めてゆく

船津ゆり（返歌）

未完成にも
素晴らしさが
有る
シューベルトにも
サグラダファミリアにも

長松あき子（本歌）

つめたい
闇を
抱えて
また
眠れない

船津ゆり（返歌）

それは温かな
光に
包まれる
生きることを
抱えて

作野昌子（本歌）

選ばれなかった
もう一つの人生が
宇宙《そら》の何処かに
あるのだろう
星々は何も言わず瞬く

船津ゆり（返歌）

宇宙《そら》には
色々な人生が
転がっている
選んだのではない
受け取ったのです

信濃鶴姫（本歌）

父がこの世に
いなくなってしまった
あらゆるものが
父ちゃんを
思い出させる

船津ゆり（返歌）

貴女が
忘れなければ
父は
この世に
生き続ける

本嶋美代子（本歌）

許し合って
生きてゆけたら
いいですね
人はみな
死ぬのですから

船津ゆり（返歌）

憎しみも
土に植えたら
浄化される
想いのはず
そう願いたい

中山純花（本歌）

私が死んで行く先は
小さな箱の汽車ポッポ
ゴットンゆられて
花ふぶき
それがいいそれがいい

船津ゆり（返歌）

ゆられつづけて
もうひとはな
さいごにいのち
さかせてからに
しませんか？

そうあって
ほしい
ゆれる
陽炎の
むこう

川添洋子（本歌）

ゆれる
陽炎の
むこうで
あなたのことを
祈っています

船津ゆり（返歌）

ずいぶんと
冷えてきた
君と
見たい
十三夜の月

いぶき六花（本歌）

不完全な
物を
君と見たい
十三夜の
月

船津ゆり（返歌）

内堀みき（本歌）

まだまだ長い人生を
本当は愛する人と歩みたい
仏教徒ではないけれど
叶わなければ
必ず来世で実現すると

船津ゆり（返歌）

何度でも
立ち上がり
呼ぶ
君の
名前を

岡田早苗（本歌）

眠れない夜ほど
自分のことが
よくみえ過ぎて
静けさの中
長く続く未来が見えない

船津ゆり（返歌）

あっ
夜明けだ
また
答えの出ない
夜明けだ

小高友哉（本歌）

たくさんある出会いの中
この人でいいのか
好きという感情は
なぜ生まれる
あなたが私を好きにさせた

船津ゆり（返歌）

たった一人の
あなたを
知りたいと
想わせた心が
恋なのだと

綺羅涼雅（本歌）

どのページを
めくっても
あなたがいる
舞い降りた桜も
ハートのかたち

船津ゆり（返歌）

あなたと
読んだ本を
捲ってみれば
夢の中では
ピーターパン

山野さくら（本歌）

針のような枝先が
小さな蕾を抱いた
感じたのは
地下水の温みか
遠き花の香か

船津ゆり（返歌）

初恋が教えてくれた
喜びと痛み
もっとあの時の
私に勇気をくれる
何かが欲しかったのです

雪野きずな（本歌）

君の隣に
いるのに
心の距離は
四十二、一九五キロも
離れている

船津ゆり（返歌）

いつも通り
アイスティーを
注文
透けるように
虚ろな目

高森篁流（本歌）

何年も前
野外コンサートで行った
横浜のＭＭ21《みなとみらい》エリア
潮の香に包まれながら
わくわくしていた

船津ゆり（返歌）

晴れの日も
雨の日も
潮の香で
いっぱいに
楽しむ

谷　流水（本歌）

心の中は
青春の火が
燃えているのに
七十四歳
本当に老人なのか

船津ゆり（返歌）

七十四歳で
青年の
ような心
勇ましい
火のようで

平イズミ（本歌）

右足ギプスの私
差し出された腕
素直に縋る
こんな気持ち
二人《夫婦》にあったなんて

船津ゆり（返歌）

痛みと共に
差し出された
腕に
素直になれて
縋る

吉峰優香（本歌）

コンビニも
ケイタイも
なかった青春
手作りのオニギリを背に
ときめきと君を待つ

船津ゆり（返歌）

君が恋しくて
遠い公衆電話に向かって
手作りの
ときめきを
食べてほしくて

大橋克明（本歌）

今日の俺の心
逆《さか》なでするように
輝き続ける
臆面もない
満月

船津ゆり（返歌）

前世は
狼だったのか？
駆り立てられる
満月の
本能

奥響　賢（本歌）

本と出会う前に
インターネットを
知っていたら
想像の轟《とどろき》を
味わえなかったな

船津ゆり（返歌）

本は想像力を
掻き立てる
読みたい
シーンを
好きなだけ

長谷川峰子（本歌）

幼虫が
さなぎになって
そして羽化
美しい大むらさき
春の来るのを待っている

船津ゆり（返歌）

自分の
可能性を
信じ
羽ばたく事を
夢見ている

澤田たかし（本歌）

ゴールデンウィークが終わり
山では
新緑の　爆発だ！
その空気を胸一杯吸おう
ウサが吹っ飛ぶ

船津ゆり（返歌）

爆発的な
山での
新緑
病んだ心を
癒すんだ

風祭智秋（本歌）

テーブルに
子どもたちの声と
色鮮やかな嵐が
吹き荒れて
花札の夜は

船津ゆり（返歌）

子どもたちの
声が
色彩《とりど》りの
嵐のようで
楽しい

橋詰光恵（本歌）

幼子のデキナイーは
明日への
希望があふれ
老人の出来ないは
不安への苛立ち

船津ゆり（返歌）

幼子の
デキナイーは
お日さまの
匂いで
希望の香り

多賀ちあき（本歌）

小学校の校庭に
一本のカワヅザクラ
寒風の中で
春の光をつかもうと
千の手を広げる

舩津ゆり（返歌）

子供たちも
春の光を
摑もうとして
両手いっぱいに
広げる

芦田みのり（本歌）

本当は
こうしたかったことと
向き合えば
寂しくもある
希望と野心の種にもなる

舩津ゆり（返歌）

当時望もうとも
しなかった
穏やかさ
向き合おうとするたび
寂しさが募る

平川独歩（本歌）

苦しい時
砂浜にたたずめば
沖の方から
聞こえてくる
波の応援歌

船津ゆり（返歌）

波音に
自分を
混ぜてみせる
私は独り
強くなるのか

じいや・たかし（本歌）

天体の星には
興味がない
人間の心
人体の神秘
そこに光る星を求め続ける

船津ゆり（返歌）

良いも悪いも
人類は
光る星を
求め続ける
本能

ほりかわみほ（本歌）

十八円のもやし様
お髭を一本一本
カットして
今宵　何に
化けてもらいましょうか

船津ゆり（返歌）

もやしってね
ダンディーなの
しっかり味にも
仕事を
してくれるの

坂町とん子（本歌）

あーあ　こんな詠み方が
あーあ　こんな表現も
あーあ　ばかり
いつも考え　悩んでばかり
いつ　前進できるのかなー

船津ゆり（返歌）

あーあ
こんなで
括れる
表現てのも
ありだなぁー

島田公子（本歌）

冬晴れの
濃き青空に
雪山との
鮮やかなコントラストの
八ヶ岳ブルー思う

船津ゆり（返歌）

冬の
青空には
春の
希望が
見え隠れ

菅みどり（本歌）

窓を閉め
カーテンを閉め
暗くなった部屋に佇む
ぼんやり
光が覗く

船津ゆり（返歌）

もうすぐ
上映
心の中で
光る
プラネタリウム

東洋史に引かれ
中国に遊学の息子
学んだことを
次世代にと奮闘するも
学部が学生が減少の一途

永田三枝子（本歌）

改めて
東洋史を読み漁る
中国という
情緒を
知り生きる

船津ゆり（返歌）

遠い日に
祖母とあおいだ花吹雪
あの日の空は
透き通っていた
今年の桜はざわざわとする

竹林煌子（本歌）

ざわめく
今年の桜に
綺麗な
想い出の
花吹雪

船津ゆり（返歌）

もしも
という言葉を
どこかに
忘れて
しまったのか

東福寺知子（本歌）

「もしも」を
忘れてしまった
訳じゃない
「夢」を
忘れてしまったんだ

船津ゆり（返歌）

もう梅雨明けか？
楽しみにしていた
来月は娘と旅行の予約
また楽しみがふえる
毎日、足の運動に身が入る!!

塩塚八重（本歌）

足は丈夫が
何より
旅行先を
踏み締める
喜びへと

船津ゆり（返歌）

染川紀子（本歌）

もう片意地はらずに
生きようか
ほんのり甘く
涼やかな
水羊羹　食べる

舩津ゆり（返歌）

水ようかんには
凛とした
涼しさが有る
総てを癒す
冷《ひ》んやりクール

宮治孚美子（本歌）

名古屋場所
終われば
浴かた姿も
似合う
外人力士

舩津ゆり（返歌）

日本の伝統を
外人力士が
受け継いでいる
かのような
浴衣姿

西谷彩華（本歌）

道に迷ったら
天を見上げよう
どんな巨大迷路だって
壁の上は
空ひとつ

船津ゆり（返歌）

色彩《いろ》が
変わっても
見上げる天は
ひとつだけだから
ちょっと笑ってみる

森上裕子（本歌）

来客に
玄関先を
飾る花
バラ一輪が
明るく光る

船津ゆり（返歌）

「今日は」と
バラの花が
玄関先にて
明るく
お出迎えして

蓮花　輝（本歌）

「われが孤独にあるとき
最も孤独にあらず」
（キケロ）
この、
至福の一時。

船津ゆり（返歌）

華やいでいる
自由とは
孤独の
入口から
始まる

羽田怜花（本歌）

男の子の色
女の子の色
なんて今どき流行《はや》らない
だけどあなたのマグカップに
青を選んだ理由はなあに？

船津ゆり（返歌）

群青の
メンズセーターに
心惹かれた
誰のためでもなく
自分用にかいました

福本勢津子（本歌）

世間ずれしていない
目と口もと
自由に筆を動かし
毎日絵を描く
若い脳と空間にいた夫

船津ゆり（返歌）

まっすぐな
生きざま
若かった頃の
自由を
今も捨てたくは

柚木はのん（本歌）

花瓶の前で
大輪のバラを
ハサミで切りとった瞬間
感じた哀しみは
私のものだろうか

船津ゆり（返歌）

ぱちんっと
切られた
薔薇は
親友《とも》を失った
痛みに似ている

吉松靖代（本歌）

空が澄んできたのを
科学的に
説明しないで
ただ「秋」なのだと
言ってほしい

船津ゆり（返歌）

涼しげな
風を、感じて
空を、感じて
理屈は抜き
秋を感じる

堀川裕子（本歌）

消したい過去を
消す消しゴム
あればいいなと
無理を承知で
思ったことも

船津ゆり（返歌）

悪い部分があって
初めて
良い部分があるの
悪い自分とも
上手《うま》く付き合って行こう

宮治　眞（本歌）

前向きばかりは
眩しすぎる
後ろ向きの歌ばかりは
暗すぎる
そうか斜め向きが本質だ

船津ゆり（返歌）

斜めに
差し込む
光の
ような
歌人でありたい

未来野涙（本歌）

うそになれば
楽だね
だけど、そうじゃないから
ひっくり返したら
また、人生ありかな

船津ゆり（返歌）

上手なうそに
酔いました
もう一度
生きてみるか、と
思ったのでした

長谷川春澪（本歌）

父さん
　母さん
いなくなり
胸に届くは
風の声

船津ゆり（返歌）

聞いてみたいことは
父にも母にも
たくさん有るよ
風の声
舞う胸

松村優芽（本歌）

母の作った
クリームシチュー
大根の葉のいためもの
ごはんとぴったり
合っている

船津ゆり（返歌）

料理の
三重奏
香りだけでも
美味しいよ、と
誘われました

流城樹華（本歌）

息をしないと
生きていけない
あたりまえのことなのに
あたりまえすぎて　時々
忘れている自分がいる

舩津ゆり（返歌）

あたり前は奇跡の日々
今日も皆が皆
笑顔だった
お休みなさい
良い夢を

わたしの生まれた日

――著者より歌友へ②

八月の空は
輝いて
祝ってくれる
わたしの
生まれた日

青木マリ（本歌）

十一月の空は
低めにキララ
夕陽が輝く
わたしの
生まれた日

船津ゆり（返歌）

私のために
野菜ジュースを
毎日つくる母に
今日はやけに
素直になれる

笠嶋のり子（本歌）

いつまでも
元気で
いてほしい
母の愛は
根っこが深い

船津ゆり（返歌）

堀川裕子（本歌）

昨日の卵が
泳ぎだす
小さな身体で
力強い
メダカたち

船津ゆり（返歌）

小さな
身体で
大きく
力強く
歌おう

足立洸龍（本歌）

歩き疲れて
振り向いて
はじめて気づく
しずかぜ
あたたかぜ

船津ゆり（返歌）

振り向く
先に
厳しさと
優しさ　が
溢れている

喜多明里（本歌）

『ありがとう』の
言葉を
届けたい
透明な
光に変えて

船津ゆり（返歌）

透明な
光は
心の中で
温かく
育まれて行くの

無時空　映（本歌）

流れる雲の
長さを
追えば
もう
秋か

船津ゆり（返歌）

七五三の
千歳飴
秋の終わりの
雲って
こんななのね

叶　千里（本歌）

些細なことに
涙もろい母も
いざとなると
勇気…爆発!!
固まる父が滑稽でした

船津ゆり（返歌）

強く
生きようと
しても
涙もろくも
なるの

風祭智秋（本歌）

ママはどう見ても
お母さんって
感じじゃないから
ずっとママって
呼んでもいいよね

船津ゆり（返歌）

今もまだ
読み返してる
幼さの残る
あどけない
手紙

木々の新芽
朝露
緑の濃淡に
心が和む
忘れかけた故郷

川添洋子（本歌）

朝露の中に
映るのは故郷
忘れていた
自然の心
思い出す

船津ゆり（返歌）

虚像と
実像の
間で
過大評価
等身大でゆきたい

島田公子（本歌）

私はそんなに
良い人なんかじゃ
ないよ
等身大の
私を探して

船津ゆり（返歌）

芦田みのり（本歌）

目覚めて
またまどろんで・・・
今日を？みたい
夢のつづきは
見られなくても

船津ゆり（返歌）

今日を
摑んだら
明日が
見えそう
だね

山野さくら（本歌）

母の腹で
一点の実であった私が
今
母の手を引くという
真実を享けとめる

船津ゆり（返歌）

母がいるから
娘の
私がいて
今を
捧げたい

柿の花の
花言葉は「自然美」
この花のように
生きられたら
もっと優しくなれるかな

流城樹華（本歌）

ナチュラル
ビューティー
柿の花のように
生きて
優しくなりたいな

船津ゆり（返歌）

君の
笑顔
僕を
倖せに
変えてしまう

石井美和（本歌）

君に
僕の倖せ返し
笑顔が
心を摑んで
離さない

船津ゆり（返歌）

柱に
かけてある
「日めくり」
今日もめくって
心の糧とする

落合文枝（本歌）

朝の
「日めくり」で
昨日の
疲れも
リフレッシュ！

舩津ゆり（返歌）

秋サンマ
身もしまり
光
かがやく
味もよし

塩塚八重（本歌）

秋サンマは
パッと
見た目で
味が
わかるんだよね

舩津ゆり（返歌）

幼な子の
笑顔は
心の中の
ベールを
明けてくれる

田代ひとみ（本歌）

自然と
笑顔が
溢れてくる
幼な子は
マジシャン

舩津ゆり（返歌）

ひとみすずやか
微笑みし姿
曾孫の笑顔に
老いたる我も
心のなごむ

長谷川峰子（本歌）

平穏な世の中で
すずやかな
ひとみ
繋がるのは
こころ

舩津ゆり（返歌）

初恋から
どこへ行く
わからないところ
だから
恋は咲く

未来野涙（本歌）

手を繋ごう
初恋だったから
どんな色の
恋が咲いたのか
知りたい

船津ゆり（返歌）

読書は
心を
豊かにする
盗賊にも
とられない

雪野きずな（本歌）

心を唯一
盗めるのは
恋です
気持ちを
自分へと向けるんだ

船津ゆり（返歌）

吉田野霧（本歌）

通じる
言葉
わたしの
声
あなたに

船津ゆり（返歌）

私と彼としか
分からない
会話
それで良い
そう思った

小高友哉（本歌）

葉桜に変わる季節
背中を押してくれた
友達
現在の幸せが生まれた
ありがとう

船津ゆり（返歌）

あなたの
心が変わろうと
した時に
寄り添っても
良いですか？

泣く時は
顔を
上げて
前を
見て

菅みどり（本歌）

おそざきの
ひまわり
きれいに
さかなくても
いいんだよ

船津ゆり（返歌）

うれしい時も
哀しい時も
私の必需品
あなたに溢れる
一筋の涙

松村優芽（本歌）

うれしい時も
哀しい時も
あなたの為に
泣けるの
一筋の涙

船津ゆり（返歌）

君の
爪切りの
残骸
それさえも
愛おしく感じる朝

ほりかわみほ（本歌）

君の
一片
自分の
半身のように
感じる

舩津ゆり（返歌）

笑顔は
人を和ませ
人の心を
開かせる
力があります

谷　流水（本歌）

花も
人を和ませ
人の心を
開かせる
力があるよ

舩津ゆり（返歌）

頓服飲むと
負けた
気分になる
利用してるって
思えばいい？

いぶき六花（本歌）

覚悟の頓服は
具合の
悪くなった
自分への
ゴホービだ

舩津ゆり（返歌）

嬉しい楽しい
悔しい悲しい
　生き抜く
エッセンス
上手にコントロール

永田三枝子（本歌）

しょっぱい
涙の
エッセンス
生き抜く
力に

舩津ゆり（返歌）

結果が
どうであれ
僕の
生命線は
努力です

中村　修（本歌）

頑張って
いますね
「命」と
言う
導火線を

船津ゆり（返歌）

コーヒー
一杯飲めるだけでも
有り難い
手術後２ヶ月
至福の一時

八木ヒロマサ（本歌）

一杯の珈琲
心が
癒される
ほんのりとした
幸せ

船津ゆり（返歌）

とことん　とん（本歌）

この身体に
一錠の
痛み止めが
効くことの
怖さ

船津ゆり（返歌）

身体を
支配される
一錠が
時に怖くも
なります

唐鎌史行（本歌）

もう死んじゃっても
いいかなと
考えながら歩く
赤信号に気づいて
慌てて止まる

船津ゆり（返歌）

人生に
疲れた
分かるのは
今ではない
という事

退院して
今日で
ちょうど
二ヶ月
雨は止みましたよ

内堀みき（本歌）

三ヶ月間を
堪えましたね
みきさんの
メッセージは心
温かくなりますよ

船津ゆり（返歌）

私の
細胞
ひとつひとつ
撫でながら
眠りに浸く

中奥明子（本歌）

睡眠導入剤
細胞が
必要以上に
暗闇《やみ》に
飛び立とうとする

船津ゆり（返歌）

作野昌子（本歌）

哀しまないで
　哀しまないで
全てはいつか
辿り着くだろう
光射す海へ

船津ゆり（返歌）

光射す海
太陽が
燦燦と哀しみを
癒す　それが
辿り着いた真の全て

綺羅涼雅（本歌）

白いノートの中
探しても
探しても
みつからない
僕

船津ゆり（返歌）

ノートの落書きに
小さく
描かれた
君の想いに
初めて触れる今

吉松靖代（本歌）

八年間
楽しいばかりの
講座だった
その年月の愛しさを
抱きしめている　今。

船津ゆり（返歌）

思えば
愛おしい
この年月を
抱きしめている
今

橘　紗悠姫（本歌）

そらの青
うみの青
言葉にすると
同じ青
色にすると違う青

船津ゆり（返歌）

同じ青
空の蒼《あお》を
見ているの
海の碧《あお》を
見ているの

泉　マリ（本歌）

強い風に
煽られながら
負けじと
風に逆らって
飛ぶトンビ

船津ゆり（返歌）

負ける勝負
やらない
後悔より
やる
後悔

信濃鶴姫（本歌）

私は弱い
だから他の人も弱い
きっと人間は
みんな弱い
やっとわかって来た

船津ゆり（返歌）

たった一言の
暴言で
ずるずるの私も
弱い
人間だなぁ

真っ直ぐな
信仰ならば
宗教の垣根を
超えて行く
そう思っている

奥響　賢（本歌）

お互いを
認める
それだけで
人は
救われる

船津ゆり（返歌）

「詩人はいるが
よい詩はない」
（ハイネ）
歌の王さまは
こう言った

蓮花　輝（本歌）

詩人とは
未熟な
生き物
詩を詠い
自分を高める

船津ゆり（返歌）

東福寺知子（本歌）

感じたことを
言葉にして
この世に
形として
残す

船津ゆり（返歌）

心に響いた
感触を
言葉にする
どれくらい
形に成るのか

宮治孚美子（本歌）

ピンク一色は
コスモス
秋の風に
ゆれて
季節の色

船津ゆり（返歌）

コスモスを
漢字で書くと
「秋桜」
春と秋の
桜があるのか

自分に
言いたい言葉は
数えきれない
だけど　ひと言
「諦めないで」

風花紫苑（本歌）

何事も
「仕方ない」の
一言で
済ませては
いけないの

船津ゆり（返歌）

自分　だけ
の
小鳥を
つかまえに
きたんだよ

森いづみ（本歌）

自分だけの
鳥
青くなくて
良イよ
個性だから

船津ゆり（返歌）

なにかが
弾ける
音がして
振り返れば
もう青の中

かぜのあや（本歌）

光の粒子の
ポップコーンの
音がして
空は
青いよ

船津ゆり（返歌）

いろいろな気持ちで
荷物をまとめる
かわいいパジャマ
授乳口付きという
特別な旅

岡田早苗（本歌）

笑顔いっぱいで
仕度する
心は既に
旅の
始まりなのね

船津ゆり（返歌）

じいや・たかし（本歌）

皆んな、良い人だった
もっとひどく
扱われてもいいのに
やさしかったな
みんな

船津ゆり（返歌）

あの人は
良い人だった
笑顔の絶えない
優しい人
芯の強い人なの

竹林煌子（本歌）

マジシャンの
所業《しわざ》かと思う
枯れ枝が
つぼみをつけて
春が匂い出す日

船津ゆり（返歌）

枯れ枝も
生きている
つぼみからは
春の
匂いが

芝桜が
鮮やかに
咲く
根を張って
生きろと言う

岸かの子（本歌）

足元が
グラつく
ような
生き方は
したくない

船津ゆり（返歌）

飛び出した
歌が
一さじでも
誰かに
届きますように

柚木はのん（本歌）

むくっと
起きた
エネルギーの源
どの人の
心にも響け

船津ゆり（返歌）

平川独歩（本歌）

昨夜は一晩中
眠れなかったと
祖母の家に
空き巣が入った
朝の一一〇番

船津ゆり（返歌）

身内に
空き巣だとか
心配で
堪らなかった
と、思いますよ

山田喜秋（本歌）

思い出も
希望も棄てて
空蟬《うつせみ》は
いま此処に
清しく在《い》る

船津ゆり（返歌）

非情な
嵐に
吹かれても
あなたの朝日は
昇るんだ

本嶋美代子（本歌）

白くまの
住処が
少なくなっている
人間だったら
どうします？

船津ゆり（返歌）

人間も
うかうか
できません
陸地が
海に沈んで

橋詰光恵（本歌）

不安は
少しずつ的中して
皆だんまりに
いつかの世界に
戻っていくようだ

船津ゆり（返歌）

これから先の
日本は
どうなるの？
日本国民全員で
考えようよ

長松あき子（本歌）

少しのことでも
心が
ゆれる
それが
幸せ

船津ゆり（返歌）

心が
大きく
揺れる
あなたと
揺れたい

森野さや香（本歌）

かこになんか
いきられなくて
ふわふわの
あしもとでも
あしたをみつめて

船津ゆり（返歌）

かこにすがって
なくのをあきらめたとき
じぶんのいばしょを
いつしか
さがしていた

宮井そら（本歌）

雨音を聞きながら
煮込む料理は
いつもより
とろとろ
ほくほく

船津ゆり（返歌）

雨音の
スパイスが
掛かる
魔法のよう
美味しい

さくらいかずこ（本歌）

料理は塩加減
人との折り合い
顔の明暗
言葉加減の
難しさ

船津ゆり（返歌）

料理と
人の折り合いの
匙加減
美味しく出来たよ
こくまろカレー

吉峰優香（本歌）

茶碗に映る月
ゆらせば
歩んだ人生のごとく
天の十五夜は
晩年の目標

船津ゆり（返歌）

ゆらせば
歪む
茶碗に映る月は
自転をくり返し
光を導く

平イズミ（本歌）

言いたいこと
許し難いこと
共にあり
何はともあれ
夫婦《とも》に古希となる

船津ゆり（返歌）

お互いを
分かり
過ぎて
言わなくても
分かるよ

ボタンの
掛け違いにも
気づかない距離で
付き合います
老後の優しい関係

染川紀子（本歌）

お茶でも飲んで
ほんわかと
昔の笑い話を
ひだまりの
詩《うた》

船津ゆり（返歌）

職を失い
父が昼間から
庭の雑草を抜く
リストラとは
こういうことか

坂木つかさ（本歌）

仕事をしたくても
職を失っても
父の背中は
哀愁深い
こころを失わないで

船津ゆり（返歌）

峠越えの
旅人を
洗い流す様な
横殴りのシャワー
十勝の大地を潤す

桜　小町（本歌）

旅人の
罪をも
洗い流す
横殴りの
大地の潤い

舩津ゆり（返歌）

ひとつのこと
深める心に
次々と
開かれてゆく
とびら

西谷彩華（本歌）

未来が
見えるね
暗闇の壁を
打ち砕く
未来が

舩津ゆり（返歌）

澤田たかし（本歌）

夕暮の公園
ブランコが
風に揺れている…
可愛かった孫
近ごろ来やしない

船津ゆり（返歌）

ブランコに
揺れる
メランコリー
可愛い孫は
風の中

森上裕子（本歌）

手折った高菜
塩かけ手もみ
桶一杯に漬け込み
大きな重し石
待ち遠しい漬け上り

船津ゆり（返歌）

待つことが
楽しい
重し石
桶一杯の
幸せも一杯

湯温低ければ
甘み強くまろやか
高ければ渋み少し強く
一服の新茶は
女心の表出

宮治　眞（本歌）

日本人の
女心を
お茶で表すところ
粋で
良いと思う

船津ゆり（返歌）

新鮮な
果物で
夏の
つかれを
いやしてね

守田ふゆこ（本歌）

夏の終わりに
シチリア産の
ブラッド
オレンジジュースに
癒される

船津ゆり（返歌）

長谷川春澪（本歌）

降るたびに
空を見上げる
この癖は
誰かを思い起す時の
何時もの癖で

船津ゆり（返歌）

空を
見上げる
癖は
大切な人を
思う仕草

福本勢津子（本歌）

季節が
心と関係なく
通りすぎてゆく
あした
元気になれと

船津ゆり（返歌）

傘を
差しましょう
今夜の雨を
あしたの
元気に

夢の始まり

書く
それだけで
自分が
どんな人間かを
知る

移り気な
世界で
取り残されそう
変われない
私だけがいる

ペンネーム
とは
その人の
考え方の
一部

歌人になりたい
母に言った時
少し俯いて
「良いわよ」と
言ってくれた

「何《ど》うデスか？」
あの……
お医者さんは
それしか
言えないの？

思い出し症候群
過去の辛《つら》い事を
忠実に
思い出す
病気なんデス

一分を
長く
感じる
点滴
落ちる鬱

溢れんばかりの
想いが薬や注射で
色褪せて逝く
そんな気持ち
知らない、て言いたい

暴走中
もう止まらない
どうにも気づかない
もう雲を抜けていこう
誰か気づいてよぉ

星の王子様は
この世の
見えない物を感じて
生きることに
絶望した事は無かったの？

アスペルガーは
接触障害
生きることが辛い
それでも生きる、て
素晴らしい

地球上で今
私は
一番
幸せな
精神病患者

憧れを
産みたいと
思う
今日
この頃です

涙は
哀しみの
終わり？
夢の
始まりだよ！

どんな人が
書いたのかと
裏表紙からの
世界観に
惹かれて

人生は
読み
耽《ふけ》って
いくたび
面白く成る

遠回りを
しても
揺るぎない
光が
待っている

ぱられるわーるど

わたしの
となりに
きみがいる
うつくしい
ぱられるわーるど

「月が
綺麗ですね」
太陽のような
貴方からの
電話が来る

水に映る
月
愛情の
欠片は
花

恋をしていた
幸せだった
弱虫は
飛べない……
甘い蜜

ちょっと笑って
人の裏を付けたりする
　私の愛は
ジョークじゃない
ジョーカー　引いてみてクラリッ

いっしょうの
こうかいが
じぶんをせめて
あいをこころで
さけぶ

いつ来るかも
分からないバス停
ワンピースの後ろ姿
待っていられない
君と歩きたかった道

その苺大福
もう
辛口が
欲しかった
のに

乙女心は
クレープで
包《くる》む
甘くって
幸せかもね

幸せそうに
好きダョ
　悩殺
スマイルに
敵なし

一つ一つ
愛していこう
相手がいて
告げていける
想いがある

ホワイト・デーは
お返しの日ではなく
誰かへの
恩返しの日に
したら良いのに

人生の
助手席に
乗って下さい
僕が運転
しますから

ウィスキー
ボンボンは
大人の味
と言うより
届かぬ味

アナタを、想い
浮かべるよ
寂しくて
鳴いた
ホトトギス

能面にさせた
貴方の心
笑顔
百パーセントを
あげたい

笑えないなら
泣こうよ
ふてくされて
いるキミ
好きかも、私

渋滞の
重たい
気不味さ
君の好きな
曲を流す

グレープフルーツ
大人の
女性の味
恋が
爽やかな証拠

「心地良イ音
枯れ葉
踏む音
好きなんだ」
「僕も」

まずは
和良《なか》く
それ以上の
望みは
欲

バレンタインの
空き箱
私の心は
こんな風に
後始末していたんだ

君の
頬っぺた
ミルキーの
味が
してきそう

息が
ぴったり
心の
中で
繋がっている

温かい
暖炉みたいな
愛情で
包み込んだら
今夜はシチュー

きらら　せきらら

きらら
きらら
せきらら
今を流れて
生きるだけ

風に
さからわず
流されず
乗るのは
花片

癒す
木の葉
風が
新緑の
眩しさを探す

金色の春財布
見ただけで
ゴージャス
母は失《な》くした事が
無いんだって

愛し方も
愛され方も
分からない
鍵っ子に
幸せの鍵穴を

ストレスの
一言
炎を放つ
竜の
ようです

花火が
散る為に
在るのなら
人間も
そう言う者？

泳げないのに
海を
眺めるのは好き
海……
心が波打《う》つ

むねが
じんじんといたむ
ゆめが
じんじんときしむ
まなつのはぁと

風鈴が
暑さの中で
涼しく
生きていく
心意気を教えた

風に
溶けて
雨に
落ちて
生きる人の営み

心地よい
　秋かぜ
台風の
爪の跡
悲劇の余波

夕陽の中の
シンデレラ
一歩ずつ
秋への階段を昇る
うろこ雲

紅葉に
埋ずもれる
土の中に
大事件が
眠っている

何《なん》だか寒くて
心の
尻尾が
疼《うず》くまっちゃうよ
このまま……

冬は
「死」とは
少し違う
「動」を養う為の
「静」なのだ

暗やみで
分かる
雪の
音
冷たい鈴

何処から
始めた
人生でも
結局今の
自分が好き

私は
私の視点でしか
物を
見る事が
出来ないのです

こころの
マッサージ
身体《からだ》より
柔かく
ほぐれる

彼女のピアノ
聴いていると
心がラクになる
貴女はフォルテな
癒し系

雲の
流れ
速さが
風の気持ちを
教えてくれる

葉一枚
身一つ
この世を
描《えが》き続けている
神サマ

信じよう
疑うばかりじゃ
寂しいよ
作り笑いすら
寂しいよ

いつの時代も
「政治」って
面倒臭い
天使にも悪にも
成り切れない

国や
ボランティアに
して欲しい事
心の
復興

現実を
呑み込むって
つらいね
呑めない事実も
つらいね

泣きたいだけ
泣いて
今の現状を
胸に
受け留められたなら

強き者にも
弱き者にも
分かり合える
喜びを
探すの

人の感情の
淵に
ふ、と
何かを入れる
言葉の力

人間は
風邪を引くと
みんな
寂しがり屋さんに
なるの

「生きたい」と
泣いて
泣いて
人の心配なんて
している

何て
悲しそうな
エメラルドの瞳
青く光る
神秘の涙

バラ色の
道か
いばらの
道か
元は同じ根

はぐれて
いたら
みつけて
たいせつな
いのち

誰よりも
懐かしいひとは
小川の
せせらぎが
好きだった

つぼみが
ほろりと
こぼれた
わたしのなみだを
うつして

花は揺れて
優しさを
醸し出す
人はそれを
可憐と言う

気持ちの隔たりが
どこか見当たらない
「そんな事」に
デリカシーのある
自分でいたいのです

小さな
隙間
いつか
地を
照らす

冬の陽ざし

「真っ直ぐ」は
胸に来る
「まっすぐ」は
心の中に
来る

優しく
強く
在るがままの
ピアノ
フォルテへと

君は
そのままで良い
生きなさい
存在を
肯定されたかった

わからない
わからなくても
よい
ひとつの
こたえ

優しさより激しさ
透明により近く
人はO_2に生きようと
艶《あで》やかさに泳ぐ
今を　時が巡る

頬に
照らされた
つきのひかりの
欠片
心にうえて

黄葉《こうよう》が
綺麗な季節
秋生まれの
私は望まれて
この世にいる

時間は悪戯に
過ぎていく
寂しくなる緑は寒がりで
紅《あか》や黄の
絨毯を迎え入れる

誰しもが
腑に落ちないから
世の中は
上手く
廻っている

大人も
子供も
それなりに
悩むのよ
ペットもね

悲しい顔には
涙が
よく似合う
でも
泣かないで

いつも
自分よりも
一つ
上を
ほら出来た

雪
はらはら
心
うらはら
何だろうな

出会った本を
真摯に読み出したら
読み手が
主役と成るのは
作家のツボ

芸術を掘る
意志の強い塊《かたまり》
年月が
深く深く
物語る

真実は
ややこしい
なのに
信じるものは
たった一つ

古い物を捨て
新しい物を買う
心の奥が
チクン、と痛む
思い出

大きすぎず
小さすぎず
淡々とした
雑談の
混ざり合ったざわめき

包んであげる
やさしい多織《タオル》
気持ち
いっぱい
いっぱい

紫のため息
陽の明るさ
花の美しさは
人の陰に
咲くのね

じぶんを
赦《ゆる》すつよさ
耐えられず
泣き出す
　よわさ

こわされても
こわされても
新しい未来に
冬の陽ざしがまた
こぼれ落ちてくるの

無敵かもね

素直な
気持ちは
硝子玉を
隠しておきたい
赤ちゃんのよう

笑い過ぎた
イチジク
幸せな人の
口に
入ります

「あーっ
あのわたあめが
かわいい」
私の髪ごと
綿飴になりたい

遥か
想いの丈に
恋は
命綱の無い
バンジージャンプ

ぬいぐるみには
万国共通の言葉
まだ喋れない
赤ちゃんの
最初の友だち

スヌーピーにも
勇気を
出す時が
有るんだ
そうな

鳥を求めて犬が
ジャンプした
羨ましかったんだ
弧空を
優雅に飛ぶのが

秋の風は
ママレード
木枯らしに成って
人に
甘さと孤独さを教える

久々に
悪夢を見た日
可愛く
鳴くまでは
帰さないとか

ゆめをかなしいほど
あきらめずに
おいかける
しせいごと
ゆめだとおもう

動かぬ
花より
転がる
石に
成る

自分を
許す
これは
逃げ口上じゃ
無いヨ

人間は
何でもやる気
手遅れの
人生が
何故か美しい

世界は
優しい
ふと
目に
入った聖

平和を求めた
日本の大地
青い大空に潜《もぐ》る
鳩は
幸せそうに舞うの

ハッピー
トゥーユウ
あなたに
白い幸せを
あげたいんだ

焼きチョコレート
燃えているよね
心の
優しい
炎が

モグラは思考中
生きているから
考えているから
手先を使って
明日を掘り続けるよ

一秒を
大切にしたいと
思うように
なれば
無敵かもね

跋

風祭智秋（月刊五行歌誌『彩』代表）

ゆりさんは毎月欠かさず、たくさんの作品を寄せてくださいます。私はいつも、創作パワーに圧倒されながら選をさせていただいていますが、時に感じるのは「ゆりさんの中にはいろいろな人格を持った人々が存在するのではないか」ということです。

僕の体に
白い
ポジティブが
染み込んで来るような
かき氷

乙女心は
クレープで
包《くる》む
甘くって
幸せかもね

四十代の
一目惚れ
有るんですね
心が
若返って行く

時には男性だったり、かわいらしい女の子だったり、大人の女性だったり、いろいろな人格のキャラクターがいて、それぞれの思いをそれぞれの形で詠われていますす。だからゆりさん一人分ではなく二人分、三人分、いや五人分という具合に驚くほど多くの作品ができあがるのでしょう。

精神的な病をお持ちだとうかがいましたが、多種多様な作品群を拝読すると、その病が良い方向に働き、数限りなく素敵な五行歌が生まれる原動力になっているのではないかと考えられるのです。

そうそう、ゆりさんは魔法も使えるし、宇宙人とも仲良し。ゆりさん独特の言葉、造語のセンスにも目を見張るものがあります。

いいえ、造語というよりもやはり自然に心の中の誰かがお話ししてくれているのかも。

ぱるりん　　　　　　全力で
ぱるりん　　　　　　人間には成れない
ぱるりんちょ　　　　宇宙人
心の重荷が軽く成る　エルピーパー語を
魔法の言葉　　　　　喋ります

魔法の言葉もエルピーパー語も不思議なリアリティーがあります。なんともユーモラスで心地よい音の響き。心が重苦しくなった時には、ゆりさんが教えてくれた魔法の言葉を唱えてみると気持ちが軽くなりますよ。

ゆりさんは自作を発表するのみならず、歌友の作品に対して返歌も積極的に送ってくださいます。また彼女の心に共鳴するかのように歌友からの返歌もたくさん寄せられています。本歌集はゆりさんご自身の作品に留まらず、返歌のページも多く設けました。これは著者の希望であり、彼女が五行歌を通じて何よりも歌友との心の交流を大切にしている証なのです。この一冊がゆりさんのみならず、みんなの宝物になることは間違いありません。歌友を代表して、私からも感謝の気持ちとともに一首を捧げます。

ゆめをかなしいほど
あきらめずに
おいかける
しせいごと
ゆめだとおもう

船津ゆり（本歌）

ゆめをおいかけていたら
ともをみつけたね
いっしょにゆめを
おいかけてゆくよ
いまも　これからも

風祭智秋（返歌）

もう一言だけ、どうしても申し上げたいのですが、気持ちのコントロールがなかなか難しいゆりさんを優しく見守り、育て、立派な五行歌人としての活動を応援してくださっているお母さまに心から敬意を表します。

ゆりさん、私こそ、あなたという歌友さんと出逢えて幸せです。これからも一緒に楽しく五行歌を創ってゆきましょうね。もちろん、彩の皆さんもご一緒に。

〈著書プロフィール〉

船津ゆり（ふなつ ゆり）

昭和55年11月23日生まれ

平成22年5月より五行歌誌『彩』同人

血液型A型　福岡市在住

趣味　デザート作り

好きな芸能人　嵐の大野くん

好きなテレビ番組　プレバト‼（俳句）

五行歌セレクション12

虹彩《にじいろ》のトランペット

令和2年8月23日　初版第1刷発行

著者　船津ゆり

発行者　鈴木一寿

発行所　株式会社 彩雲出版　埼玉県越谷市花田4-12-11　〒343-0015
TEL 048-972-4801　FAX 048-988-7161

発売所　株式会社 星雲社（共同出版社・流通責任出版社）　東京都文京区水道1-3-30　〒112-0012
TEL 03-3868-3275　FAX 03-3868-6588

印刷・製本　創栄図書印刷株式会社

ISBN978-4-434-27921-8
定価はカバーに表示しています